小猴子

透明人

文／李崇建．甘耀明

圖／Ila Tsou

作者序

說書的好時光

甘耀明、李崇建

我們是作家，也是作文老師。

我們教作文時，經常分享故事，說深刻的故事，讓孩子開心學習。

說故事的時候，我們請孩子大膽參與，當故事到了關鍵處，會請孩子想想要怎麼安排情節呢？在每段故事後面有什麼想法呢？希望孩子大膽創造與思考。

講故事是古老的活動，在電影、電視、收音機與網路發展之前，有人會在樹下或市集，講故事給民眾聽，這種活動叫做「說書」，臺語稱爲「講古」，是民間的口傳文學藝術。我們教作文時，邀請孩子進入故事，一起創作，一起迸發火花，這是迷人的說書時光。

聽完故事之後，我請學生寫「爛作文」。他們寫的爛作文，透過老師的故事暖場，自己也發揮「寫故事」的功力，作文通常爛得「妙」極了，簡直精采萬分，不只是想像力精采，他們的思考也豐富。但更令人驚豔的是，他們透過這種方式，往後的作文越寫越好，發揮了高水準。

我們的故事應該很有魔力，充滿正向能量，成了引爆孩子寫作的導火線。

學生喜歡聽故事。每次我們說故事，學生常哈哈大笑，或緊張兮兮，有時候安靜沉思。他們聽故事時，感受故事魅力，感受語言的美，參與故事的情節，理解故事的意義。

爲什麼要講故事呢？因爲我們喜歡故事，尤其是精采的故事。

所以我們決定了，將故事寫出來，給更多孩子閱讀。

《透明人》和《藍眼叔叔》是我們在課堂講過的故事，如今成了你手捧著的書本，附上精美插圖，令人欣喜。

我們倆的童年，成長於臺灣的淳樸鄉村，曾經在偏遠山上教書，生命中都有山川、有河流，有很多自然記憶。這兩本書描寫的田野風光、河流漣漪、微風徐徐、樹葉翩翩、小鳥啼鳴、昆蟲爬行……，都是我們惦念的重要生活。我們曾經撿鳥蛋、在河裡捉魚、在草叢抓蜻蜓、在森林找兜蟲、在樹上架吊床……，那是一段美好時光，成了我們繼續往前行的重要資產。

我們想將鄉村的單純，屬於生命中最自然、最純眞的快樂，邀請所有的孩子參與。也許你讀了我們的故事，對自然會多一分用心，多一份細膩的觀察，多一點兒感動，這樣便足夠了。

然而，童年不只有美好，也有很多的失落，都是生命的一部分，比如成績不如意、被師長責罵了、朋友別離了，或者親人逝去了，都是失落。面對失落的感覺，令人很想躲起來，不想被任何人看見，就像一個透明人。

失落就像變透明，悠悠蕩蕩的感覺，其中包含自由的元素。如果能接受失落，生命就獲得成長，能穿梭世界，領受更多的美麗，幫助更多的他人，爲世界盡一份心力。

但是小時候不懂，不懂如何面對失落，不懂失落蘊含寶藏。

或許我們想透過某種方式，讓自己變得強大，便能忽略生命中的失落。於是我們偷偷練功，如今看來很荒唐，像《透明人》

中的小星星與小猴子，不斷尋找透明人藥方，鬧了不少笑話。我們買了武林祕笈，暗自練習鐵沙掌、一陽指，甚至你沒有聽過的九節佛風功。崇建上數學課，覺得很無聊，因此偷練一陽指，被老師叫到走廊罰站，全班哈哈大笑；耀明早晨特別早起，偷練九節佛風功，招式很好笑，被弟弟看見了，笑得倒在地上。

我們後來才發現，面對外來挫折，不是練功，是練心，因爲眞正強大的力量來自於內心，心的鍛鍊要經過挫敗、失落與勇氣，才能看見眞正的寶藏，感受到愛的存在，生命的可貴之處。

我們看過珍貴的東西，就在日常生活中，但卻常常被忽略了。這珍貴的東西是《藍眼叔叔》中的傷害，每位小孩是小孩，但每位大人是受過傷的小孩，受傷是生命必然過程，但是鍛鍊了人心。這樣講起來有點玄，換個方式說也行，生命是《藍眼叔叔》中象徵的大山，一座美麗的山，是地殼努力推擠的傷痕，可能經過颱風或地震摧殘，或者經過人爲破壞。但是，沒有一座山，經過這樣的過程，願意放棄恢復綠意，都願邀請大自然回來。

我們童年的山川、樹木、田野、動物，都是如斯美麗；我們將心打開了，能感受世界的愛，感受萬物的珍貴，我們能自由的運用，當然，更有能力保護。

長大後的我們，將這些珍貴資源，特過文字與角色，表達觀察與關懷，幻化成美好故事，講給大家聽，讓孩子有美妙的閱讀時光。

於是，崇建將上課講的關於生命與環境的故事，寫成了《透明人》、《颱風兄弟》，再由耀明增添了情節。《透明人》中練阿茲海默功的奶奶、吃掉信件的小羊，都是耀明後來加入；《颱風兄弟》這篇，耀明也增加了角色，放入「藍眼叔叔」，篇名就改爲《藍眼叔叔》了。

透過這樣的初衷與過程，我們創作出這兩本故事書，更期待有天能聽到孩子的故事。

推薦序

「全視之眼」的故事

知名作家　褚士瑩

從小，我們都被教導著要把「眞善美」當作是人生最高的追求，但是從來沒有人告訴過我們，爲什麼是眞善美，眞善美又爲什麼這麼重要。

我是在哲學工作坊上，試著解釋爲什麼哲學家康德把眞善美放在一起，統稱爲「先驗」、或是「超驗」的時候，才發現這兩個看起來好像很厲害的哲學名詞，雖然在英文裡面叫做transcendental，是西方無論大人、小孩都能夠心領神會的詞，在中文裡根本沒有幾個人知道是什麼意思啊！老師、大人或許不是不願意解釋，而是根本也不懂這組蔡元培一九二七年在白話文運動的時候，引進中文世界這組名詞的眞正意涵。

然後，我才發現，「說故事」這個方法，或許可以幫助我們讓聽起來莫名其妙的「先驗」、「超驗」，變成一個清清楚楚、可以掌握的想法。

我在《李崇建X甘耀明故事想想：透明人／藍眼叔叔》這兩個故事裡，看到一位推廣薩提爾理論的親職教育工作者，和一位專注在臺灣鄉土書寫的作文老師，相當巧妙的用說故事的方法，在《透明人》裡面，講了一個關於探討什麼是「眞」的故事，從人前人後一致的重要性，到缺了一角的僞科學，卻被當成科學眞理看待，前後貫串用「透明」的概念，說明了垂手可得的「假」，如何取代了「眞」；而在《藍眼叔叔》裡面，則闡釋了一個關於「善」的故事，從人對於事物外表產生的偏見，到人與大自然之間的偏見，讓我們看到偏見的「惡」，以及用破壞自然來建設的惡，如何取代了「善」。

用哲學邏輯來說故事的好處是，我們可以只看故事本身，不需要多想，但也可以藉著拆解故事，去理解抽象難懂的哲學概念。我在這兩個故事裡面，看到作者採用了五個有效的步驟來說故事：

⑴把「數據」加上「情境」成爲「資訊」，

⑵把「資訊」加上「意義」成爲「知識」，

⑶把「知識」加上「洞見」成爲「智慧」，

⑷把「智慧」加上「覺察」成爲「哲學」，

⑸把「哲學」加上「觀點」成爲「先驗」。

故事的前面四步，從經驗出發，由淺入深，像砌金字塔般層層疊起，但是到了最後一步，突然超越了經驗，一躍變成金字塔頂端的「全視之眼（All-seeing Eye）」，一顆飄浮在空中可以看清一切的眼睛，被雲霧或光芒環繞，我們只要翻到一美金的紙幣背面，都會看到這個全視之眼的圖案，在哲學上則稱爲「理性之眼（Eyes of Logos）」。

這雙眼睛，也可以是藍眼叔叔的眼睛，或是天上的北極星。我們眼睛注視著北極星行走的時候，就知道自己正朝著正北方前進，即使知道沒有人能眞的到達北極星，也不減損一個想要往北方去的人，朝北方不斷前行的意志，而眞善美，原來就是這顆藍色的眼睛，就是這顆明亮的北極星，就是人類的「先驗」。

「哲學」加上「觀點」的說故事手法，讓我們套入日常的數據、資訊、知識、智慧，變得有能力可以探索、讓超越經驗世界以外的人類理想，得以被理解，這或許也是擁有全視之眼的故事，總是如此迷人的原因。

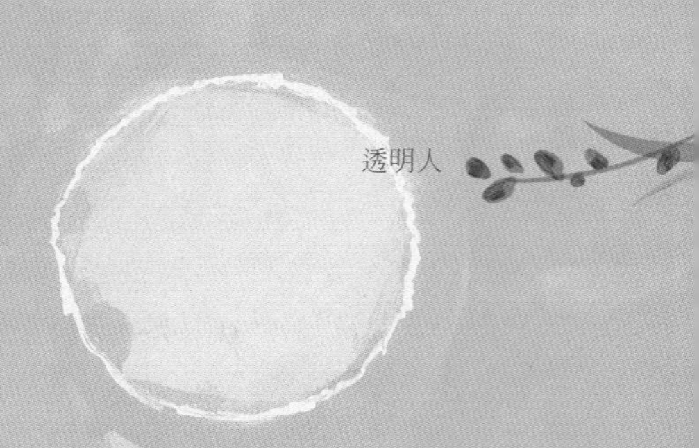

一

順著蜿蜒的小路盡頭，來到小瓦村的田尾巷底，住著一個名叫小猴子的男孩。小猴子又瘦又小，手臂細細長長，腳也細細長長，若是要比頭腦聰明，就算是學校裡的老師也比不上他。

但是他常做的事，是等待。

因爲小猴子常常等待，就像是發呆一樣，常常被繼母責罵。

他時常蹲在門口，眼睛乾巴巴的，等著郵差送信。

這樣的等待，連他的朋友——小星星都覺得無聊，人生幹麼浪費這麼多時間在無聊的事。

「這一點都不無聊呀！」小猴子說。

「這是浪費時間，不如晚上去數星星。」小星星喊。

「天呀，那是天下最無聊的事呢！」

「才不會，數星星最有趣，我可以數整晚。」

「最無聊……」

兩人拌嘴，吵累了，便安靜下來，嘴巴叼著草，觀看小瓦村的變化。

太陽亮得像剛孵出來的，圓圓潤潤，亮亮晶晶，照得小瓦村好明亮，物體後頭的每道影子好美。小猴子看著自己手臂上的寒毛，影子好細，隨著太陽而慢慢移動。他忽然站起來眺望，郵差從路的另一端來了。

郵差騎腳踏車，穿著綠色制服，車後座掛著信袋，給每家每戶送信，塞入信箱的信發出回聲，郵差滿意的爲自己點頭。

小瓦村的人很幸福，滿意自己的工作與生活，除了小猴子。

生活要是多了等待，就升起了無止盡的盼望，你會感到不滿足，尤其是等待很難得到的東西，像是小猴子每天等郵差來送信。

郵差來了。

要是郵差遇到上坡，會翹高屁股踩腳踏板，鍊條發出沉吟聲。小猴子聽到這聲音會靠過去，好讓郵差看清楚，然後又目送他離開。

郵差就這麼走了……

時光也這樣離開了，眼看夏天過去，冬天也走了，小猴子都在等郵差送信給他，連小星星都不捨。小星星不喜歡朋友空等待，也不喜歡看到小猴子失落的眼神。

這世界上好多人在等待，花上好多的時間，始終沒等到想要的答案。

「抱歉呀！小猴子，一年要過了，都沒有你的信。」郵差說。

「我很會等！」小猴子說。

「是誰要寄給你？」

「爺爺。」

「你爺爺住在哪兒呢？」

小猴子用細細長長的手指著天空，小星星與郵差也順著手勢看過去。一朵白雲，藍天只有一朵白雲飄著，它花了好長時間，被風慢慢推著、慢慢走著、緩緩變化，才淡淡消失。從此天更藍了。一個小時後，小猴子還仰著頭，顧著沒有雲的天空，而郵差往下個村子騎去。

天好藍呀！像爺爺的笑容。

二

一個春天的下午，郵差騎得飛快，從信袋裡掉出一個東西。

他沒有發現東西掉了，繼續騎得飛快。

郵差翹著屁股，努力騎上山坡，停在小猴子身邊，喘氣說：「有你的信喔！這是我當郵差以來，最滿意的事之一。」

他下車翻信袋，可是不管怎麼找，都沒有找到那封信。

「是不是掉在那兒了呢？」小猴子指著遠處。

遠處有隻小羊，牠悠閒的靠近那個東西，咬了起來。小猴子大喊不要，朝小羊跑過去，要從牠嘴巴救出那個東西。但是，小羊咬下去了，當成餅乾嚼呀嚼，口感比青草還來勁兒。

小猴子和小羊拉拉扯扯，小猴子要拿回信，小羊想吃

完牠的「零食」，沒有人想認輸，結果意外發生了，小羊往後翻兩滾，小猴子也往後兜轉兩圈。

最後小猴子搶過來了，手中拿著一本雜誌，缺了一角的雜誌。一本被咬掉邊角的《斗學雜誌》二十九期。

小羊很生氣的叫：「咩——」

應該是《科學雜誌》吧！小猴子想，「科」字被咬掉一邊，成「斗」了。

小羊還是很生氣的叫：「咩——」

小猴子不理小羊，歪著頭想：「爺爺寄這本書給我做什麼？」

小猴子翻開雜誌，裡面一堆文字。只有文字而已，沒有別的。小猴子不愛看，輕輕坐在雜誌旁，將雜誌上的稻草稈撥乾淨。

啊啊啊！他想，要是書裡能夾著錢該多好？幾十元也行啊！就能離家去找爺爺啦！爺爺一定是在雲朵蓋成的郵局寄給他這本書。

或許，爺爺要他看書。

但是……

小猴子望著無垠的田野發起呆來了。

傍晚的霧氣伴著春雨，瀰漫春天的田野，風景都潮溼了，帶著水彩筆觸，又隨著天光漸漸黯淡。小猴子不禁哼了起來：

透明人，在何方？
東邊躲躲，西邊藏。
透明人，好心腸。
神出鬼沒，就在你身旁。

小猴子的眼睛，一下子紅了，垂下頭去。

這是爺爺教他的歌，每個字裡都有爺爺的身影。

就在這時，吹來一陣風。

「欸、欸、欸」，響起了翻書頁的聲音，像是霧氣中伸出一隻無形的手，《斗學雜誌》在小猴子眼前翻動書頁，停在「透明人」那一個篇章：

「劫富濟貧的俠盜『蘿蔔漢』落網了。他透露打劫銀行、富翁，救濟貧苦的祕方，就是『透明藥』。經過五位科學家苦心研究，破解了『蘿蔔漢』隱形的祕方，是：蟾蜍口水、壁虎尾巴、蛞蝓黏液、蒲公英葉三片、金魚草兩根，還有悲傷的……」

聰明的小猴子眼睛亮了，伸手擦掉了鼻涕，將《斗學雜誌》拿到路燈下，仔細閱讀起來。

春雨淋溼的雜誌，每一頁都有田土的香氣，小猴子高興得快跳起來。

「我快要有錢了，就能離家出走……」

小猴子差一點兒喜極而泣，要不是《斗學雜誌》被啃下一角的話。

那塊被小羊啃掉的截角，剛好將藥方截去一部分。

小猴子的腦子裡，很快閃過一個主意。

「對啦！就是這樣！」

小猴子跳了起來，將《斗學雜誌》挾在腋下，立刻朝田尾巷跑去。

三

小猴子急急忙忙的奔跑在春夜的霧雨中，穿越咕嚕咕嚕的灌溉渠道，來到田尾巷。

小猴子敲一戶農家的窗戶，「叩、叩、叩」。

沒人應聲，只傳來農家溫熱的飯菜香。

小猴子靠在煙囪下，煙囪還熱著呢！春雨滴在上頭，發出微弱的白煙，還有細微的嘶嘶聲。

小猴子挨在煙囪下，廚房的門縫露出一道光。他閃身穿過窄窄的門縫，然後用比貓還要輕的步伐，躡手躡腳，摸到一個小房間的門，像田溝裡的泥鰍，身子一滑就溜了進去。

他的朋友小星星，在看「蘿蔔漢」的故事書，發出「呵呵呵」的笑聲，沒發現有人靠近。

除了小星星，房間裡還有一位坐在輪椅上的老奶奶。她維持這種姿勢已經好幾年了，動也動不了，哪也去不成，睜著空蕩蕩的眼睛，像是沒有塵埃似的乾淨，卻從此無法裝下什麼了，靜靜看著小猴子靠近小星星。

老奶奶就像一株植物，一動也不動。

小猴子踮起腳尖，走過老奶奶身旁，站在小星星背後，看小星星翻書，看他的肩膀抖動，像打開的汽水罐冒著氣泡。小猴子看見書中寫著：「蘿蔔漢每次劫富濟貧，臨走前都會在牆上留下一幅畫，警告有錢又沒有良心的人。」

小猴子腦中飛來一個想法，想捉弄小星星。

他偷偷悶笑，在牆上畫下一幅畫，無聲無息溜到窗外，再把手上的筆，朝小星星扔去。

咚！小星星的頭被筆打中，腦袋濺出疑惑的表情。他轉頭東看西瞧，房間除了不會動的老奶奶，什麼人也沒有。突然，他看見牆上那幅畫，跟故事書的插圖一樣，是一根有手有腳、蒙眼露出眼睛的蘿蔔。

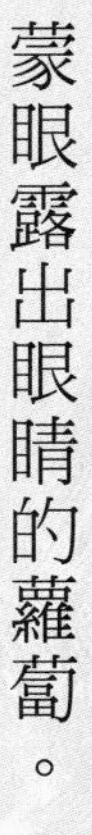

「奶奶，是你畫的嗎？」小星星很激動的問。

小猴子蹲下自己的身子，在窗下笑得很激動。他捏住自己的鼻子，避免洩漏笑聲。

而老奶奶坐在輪椅上，還是像一棵植物，沒有任何反應。

「奶奶，是你畫的嗎？」小星星再問一次。

小猴子躺在地上笑，身體在胡亂扭動，像沸油裡的油條般滾動，快流出淚來了。

「我的天呀！大家快來看。」小星星衝到客廳，興奮大吼，「原來奶奶是全世界最有名的『蘿蔔漢』，她活過來了。」

家人們衝過來看，牆上確實留下一幅畫，老奶奶依然坐在輪椅上。無論小星星如何解釋，大家不相信那是老奶奶畫的。這麼多年以來，她練成一種神祕的功夫，一種什麼都能忘掉的功夫，從此無憂無慮，安靜坐在輪椅上生活。

「奶奶不可能活過來。」爸爸說。

「你是故事書看太多了，中毒太深被影響啦！」媽媽沒好氣的說，「你看看這幅畫，底下還有幾行小字。」

那幅圖的底下寫著：蘿蔔糕到此一遊。

小星星認眞看，插圖「蘿蔔漢」的身材，形狀四四方方，說是一塊煎焦的蘿蔔糕也行。

全家大笑，笑聲迴蕩，笑完便離開了房間。

小星星也笑得好大聲，覺得實在好有趣，剛才怎麼沒有發現那行字。而且他現在知道，這是怎麼回事了。

「嘿！」小猴子從窗口呼喚一聲。

小星星從燈光中轉過頭來，看見窗外的黑影，說：

「小猴子，我早該知道是你畫的才對。」

「是啊！我敲三下窗戶，你都沒聽見。」

「喔喔，不好意思。我太專心看『蘿蔔漢』呢！沒聽見。」小星星舉起故事書。

「你知道『蘿蔔漢』怎麼劫富濟貧嗎？」不等小星星回答，小猴子從腋下拿出《斗學雜誌》，俐落的翻到「透明人」那一篇。

小星星看了一眼，笑出了聲，「透明人？哈哈哈，你相信世界上有這種藥嗎？」

「這是科學雜誌耶！配方都寫出來了。要蒐集蟾蜍口水、壁虎尾巴、蛞蝓黏液、蒲公英葉三片、金魚草兩根，還有悲傷的……」小猴子有點生氣，「只要找到剩下的配方，悲傷的什麼，就能做出透明藥了。」

「要透明藥做什麼呢？」

「像『蘿蔔漢』一樣，劫富濟貧呀！我們把壞人的錢，拿去給貧窮的人，然後我也可以存一些錢，去找我的爺爺。」小猴子很激動，隨即哼著兒歌：

透明人，在何方？
東邊躲躲，西邊藏。
透明人，好心腸。
神出鬼沒，就在你身旁。

小星星也跟著哼起來。

就這樣，小猴子和小星星，立志要當透明人，要找尋藥材、實驗藥方。

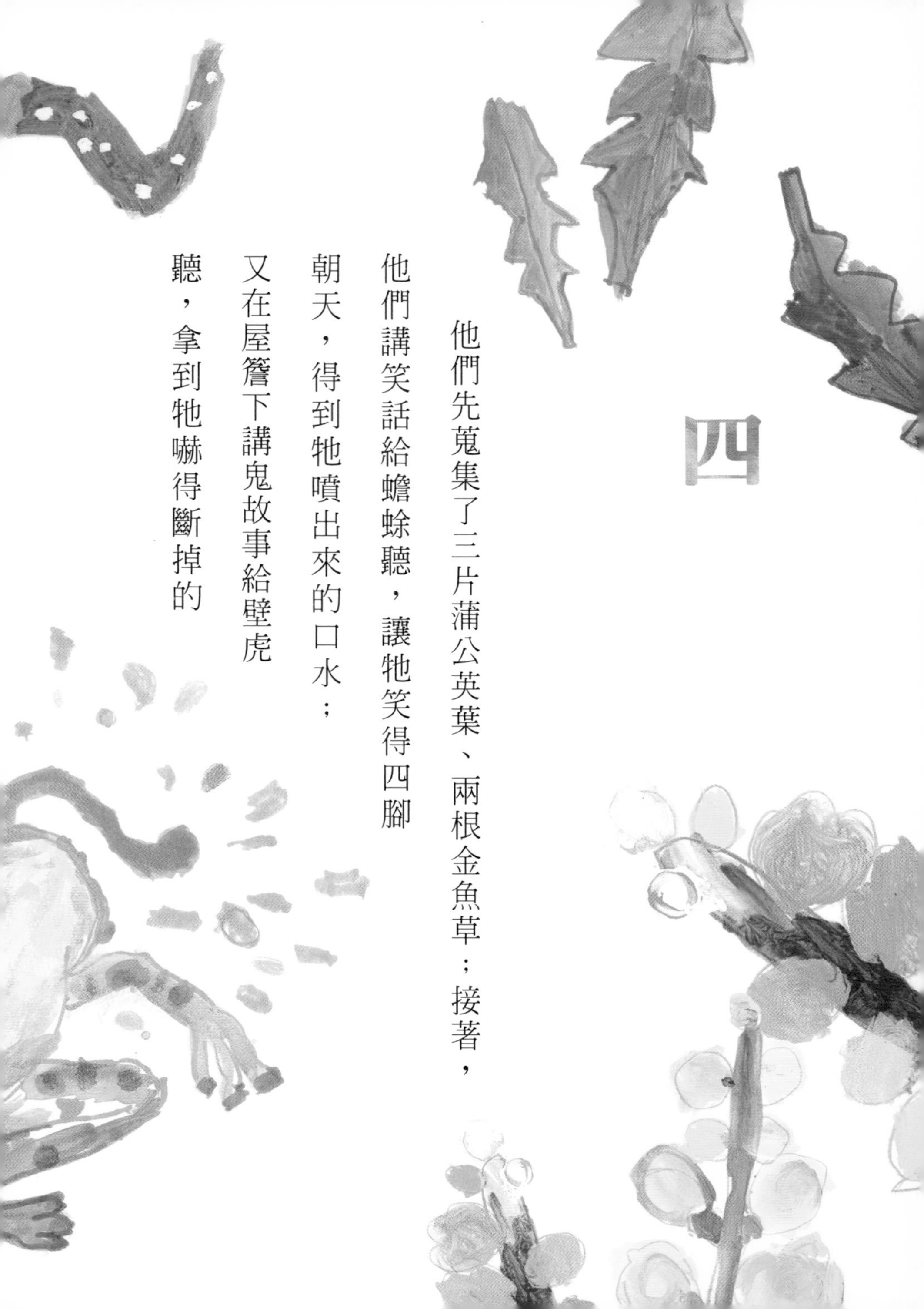

四

他們先蒐集了三片蒲公英葉、兩根金魚草；接著，

他們講笑話給蟾蜍聽，讓牠笑得四腳

朝天，得到牠噴出來的口水；

又在屋簷下講鬼故事給壁虎

聽，拿到牠嚇得斷掉的

尾巴；最後，在清晨拿到蛞蝓爬過的黏液。

然而，什麼是「悲傷的……」？

那個地方被小羊啃掉一角，答案沒了。

小猴子解不開答案，這

世界上有什麼「悲傷

的……」？他苦惱的

思索，已經過了幾小

時，連蛞蝓的黏液都乾了。小猴子從《斗學雜誌》抬頭，看著眼前早已睡著、流口水的小星星。

「醒來。」小猴子喊，「你沒有認眞想。」

小星星揉揉惺忪的眼睛，「我太認眞想，才會睡著了。」

「鬼扯。」

「不要小看做夢，它可是一種能量，我在夢中放鬆，想了一下，這個問題確實有點難，不過……」

「不過怎樣？」

「不過我想到一個辦法。」

「去找搶匪，觀察牠的變化，就知道藥方了。」小星星發揮偵探精神，眼神雪亮。

「搶匪是誰？」

「小羊呀！」

說到這兒，兩人不約而同的抬頭，看見窗外的遠山上，有朵白雲盤據，小羊在白雲下自在的散步。小猴子與小星星跳了起來，跑到小山邊，跟蹤牠。那隻鼠灰色的小羊，年紀不小了，是小瓦村歲數最高的動物，脾氣

不大好，難怪會搶走小猴子的《斗學雜誌》。

白雲下，小羊低頭啃草，頭一下都沒抬起來。

「能觀察到什麼？牠都在吃草。」

「觀察要花很多時間。」

「多久？」

「就像我睡一場覺那麼久吧！」

「好無聊呀！」小猴子說，他叼起一根草莖。

「等待是『觀察』的基本功夫，但是，觀察往往等不到任何的發現。相反的詞叫『目擊』，就是突然看到最精采的部分。」

「什麼時候才能目擊？」

「目擊要花很多的時間觀察才能看到，就像觀察夜晚天空，才能目擊到一顆流星。」小星星躺在地上，看著天空，「牠是小瓦村年紀最大的動物，據說有二百多歲。活了這麼大歲數，看到這麼多人離開這世界，一定很悲傷。」

「我爺爺說，人因爲悲傷而透明。」小猴子看著天空，「那種透明像是無限透明的藍。」

「所以他最後變透明了？」

「對。」

小星星躺在地上看天空，聽了大笑，手腳樂得揮動，「那不叫透明，那叫死掉了。」

「那是透明。」

「死掉。」

「那不是死掉，是透明，死掉是再也沒有思念與存在。而透明，像水，還有什麼在你心流動。我們需要喝這種水。」小猴子有點生氣的說。

兩人因爲拌嘴，陷入了一種僵局，讓兩人有了不講話的安靜時刻。好朋友就是這樣，吵架完又是朋友，還可以在一起分享心情。小星星拔了一根草給小猴子，兩個人叼著，像兩人嘴巴長了天線，嘴裡有些草莖的酸汁液，心裡有些甜蜜的感覺。

雲悄悄飛過去了，小羊也慢慢走過來，逗留在兩人身邊啃草。

小猴子說，「老奶奶不也是腦袋漸漸變透明，把很多東西忘了。」

「我奶奶曾說，她是在練一種功夫，可以把人世間

的東西慢慢忘乾淨。」

「什麼功夫？」

「阿茲海默功。」小星星轉過頭來，「練這種功夫的人，可以把人世間的煩惱都忘了，連吃飯、上廁所這種簡單的事也忘了，當然也把家人忘了，所以她只能坐在輪椅上發呆。」

小猴子腦海中浮現老奶奶的模樣：她總是坐著不動，彷彿連呼吸也沒了，睜著純淨的眼睛看世界。他想像著一個畫面，老奶奶的腦袋是個大空洞，裡頭什麼都沒有，連記憶這種東西都不存在。如果是這樣，老奶奶活著的意義是什麼？這跟爺爺成爲透明人有什麼不一樣？

「連自己都忘掉了，練這種功夫有什麼意義？」小猴子問。

「沒有一種功夫十全十美，阿茲海默功是連自己都忘了；而練透明人這種功夫，連自己都看不到自己。」

「看不到自己？」

「是呀！連眼睛都是透明的，當然看不到自己，所以你爺爺是走失的，最後看不到自己，找不到路回家，在這世界上消失、死掉了。練透明人這種功夫，是有代價的，也許每個人付出的代價不同。」

「聽起來很有趣，但我想有一種東西不會澈底透明消失。」

「眞的，那是什麼？」

「思念。任何東西消失後，只要有人思念，就還有意義。」

「思念？」

「思念就像天空這麼大，抬頭就看到了。」

兩人躺在地上看天空，藍得油油亮亮，只見一隻羊走進視野，和他們近距離互看，咩咩咩叫著，露出垂直的細瞳孔。小羊搶著兩人嘴巴裡的草莖。小猴子沒有動手，扭著臉用力搶回來。

搶著搶著，小猴子搶回一撮「透明的莖」。

他忽然得到靈感，說：「沒錯，這就是悲傷的東西了。」

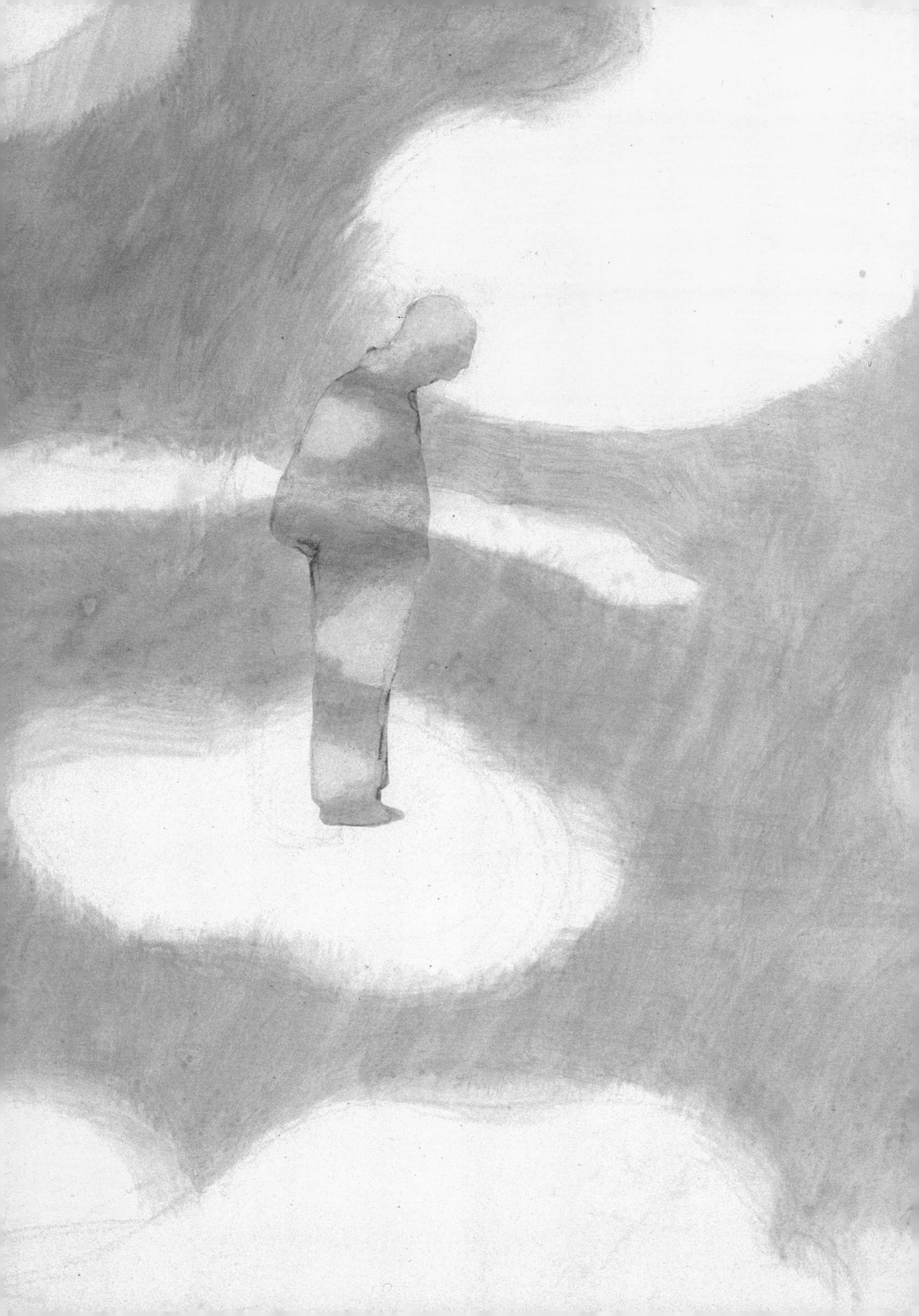

五

藥方在滴答的春雨中，配製完成了。

聰明的小猴子，在原有的藥方中，不停思考，加入了龍眼核、荔枝根……等十八種藥材，主要的是他想到了《斗學雜誌》中最重要的藥；悲傷的東西，那應該是小羊的鬍鬚，白皙透明，絕對是悲傷歲月的產物。聰明的小猴子覺得透明藥完成了。

「你眞的要喝下去？」

「當然。」小猴子很肯定，「生命就是冒險的軌跡。」

「也許變透明之後，就回不來了。」

小猴子認眞點頭，揑緊鼻子，「咕嚕」一聲，黑呼呼的「透明藥」吞下肚了。

「變透明了嗎？」小猴子問。

「還沒！」小星星目不轉睛。

春雨的聲音，滴滴答答，有點兒冰涼。窗外稀薄的霧氣，一層層飄蕩，悄悄聚集，彷彿靠過來瞧瞧小猴子吃下透明藥的變化。

小猴子感覺冷，一邊搓著手，一邊算時間。

「變透明了嗎？」

「還沒！」小星星一雙眼睛緊盯著小猴子。

春雨還是滴滴答答。

霧氣將田野、田路、行人籠罩，距離窗子最近的一根電線桿，也被霧包裹得看不見了。

「變透明了嗎？」小猴子的聲音，變得像春雨一樣冰涼。

「還沒！」小星星眼睛都痠了。

「可能沒那麼快吧！」小猴子低下頭，小聲嘀咕著。

小星星也低下頭，揉揉痠疼的眼睛，心想：小猴子會從哪兒開始變透明呢？從頭到腳？還是從腳到頭？如果霧氣夠濃，把小猴子的下半身掩藏，一顆頭飄浮在半空中，那麼，小瓦村的人一定嚇壞了。

小星星想到那幅景象，摀著嘴，呵呵笑了出來。

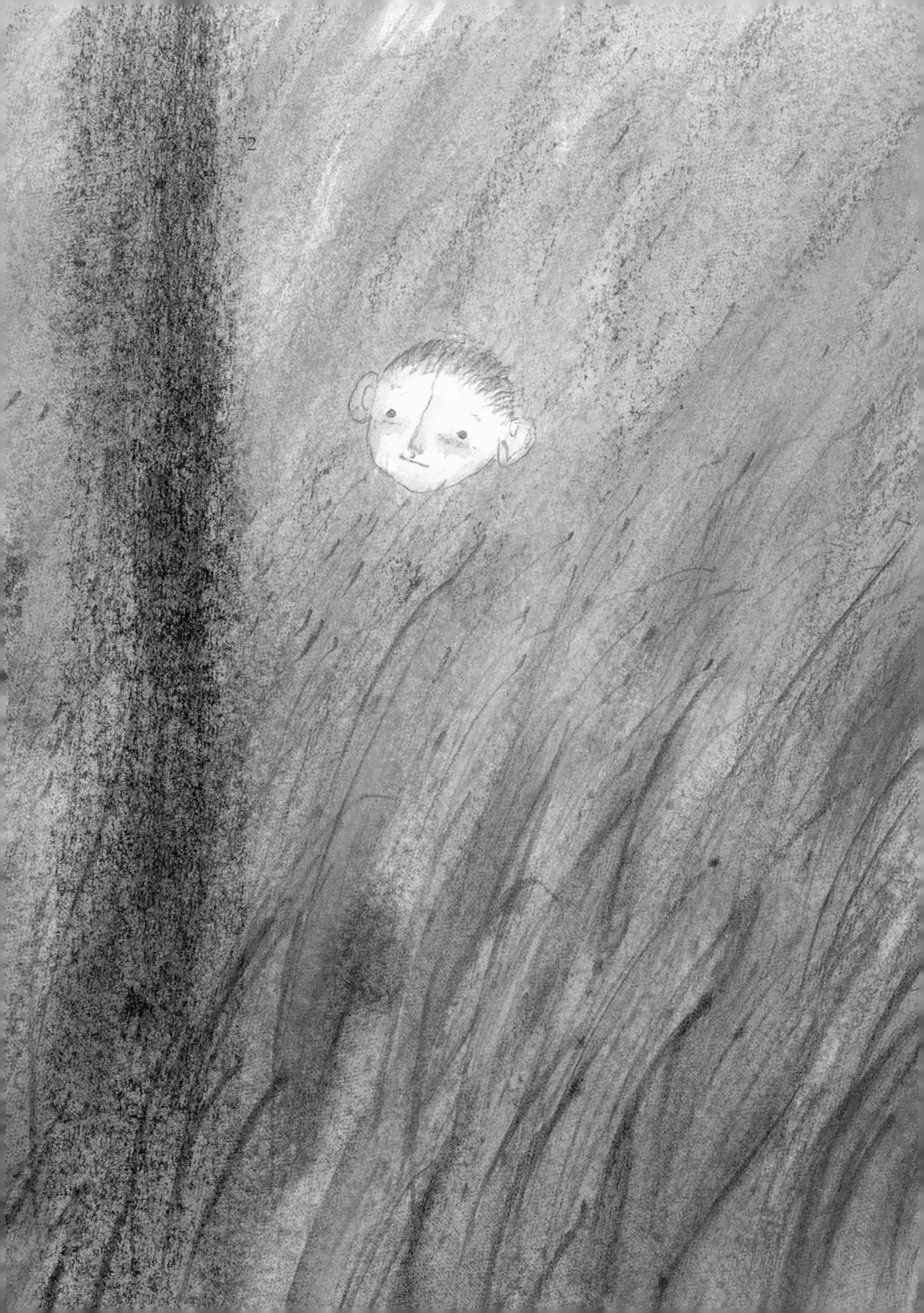

小星星覺得好笑極了，笑個不停。

小星星抬起頭時，原本還在笑呢，卻發現小猴子不在原位。

「小猴子，你變透明了！」小星星大聲叫了出來，耳朵響起嗡嗡嗡的聲音。

「真的嗎？」小猴子傳來的聲音像隔了一層什麼，還有點兒痛苦。

霧太濃，遮蔽視野，所有的線條都模糊了。

「真的！我看不見你了。」小星星伸出雙手，像瞎子向空中慢慢摸索，要摸出小猴子的位置。「你在哪兒呀？」

「這裡。」小猴子的聲音有點兒顫抖，「我在廁所。」

小猴子坐在馬桶上，捧著肚子，劈里啪啦的放屁、拉屎呢！

「你怎麼跑到廁所啦！難怪我看不到你。」小星星埋怨。

「我真的變透明了嗎？」小猴子歪著嘴巴，痛苦的說。

「沒有。」小星星捏著鼻子，洩氣的說，「透明藥只會讓你放屁和拉屎而已。」

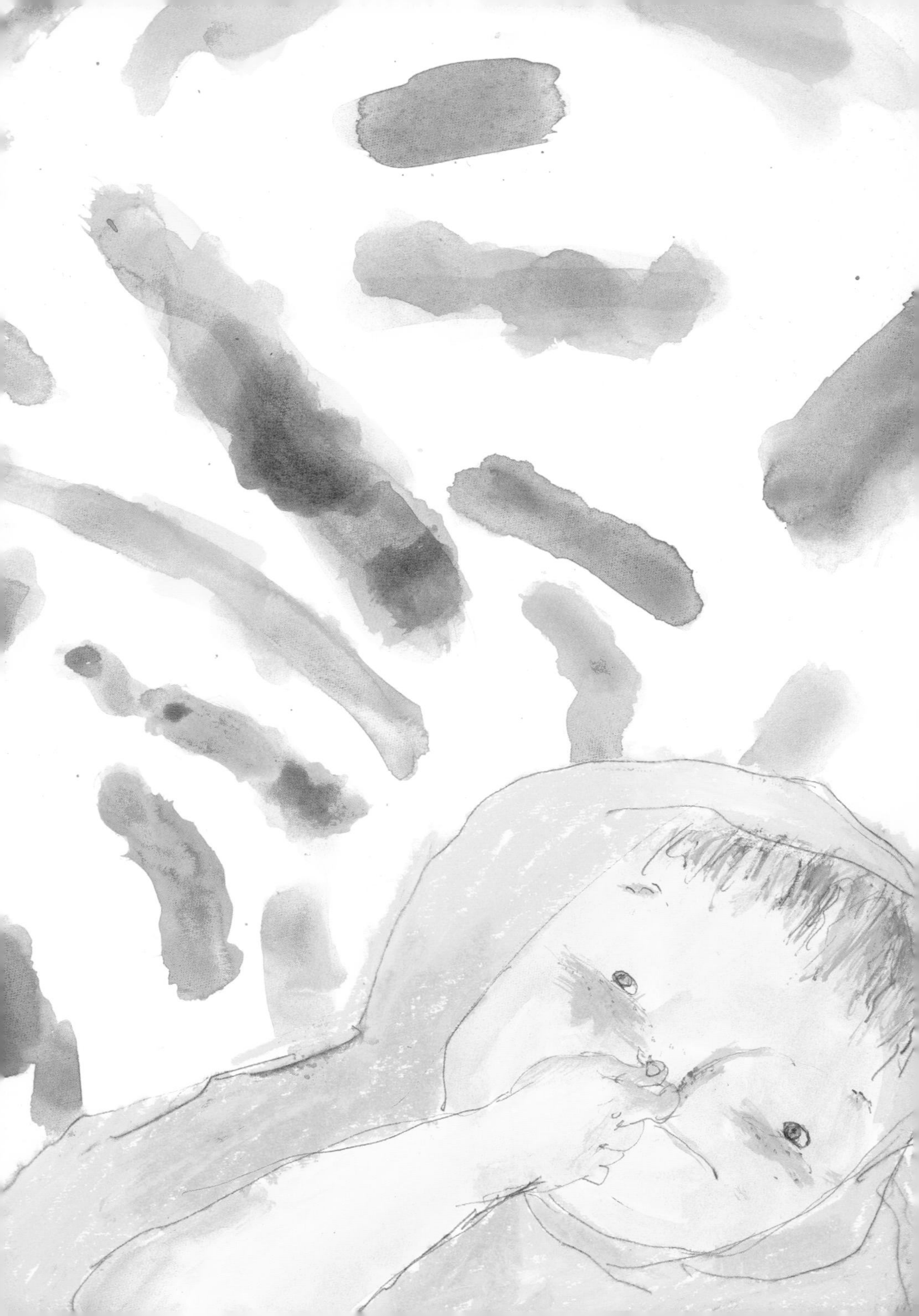

春雨越過村莊，滴滴答答落在每一吋田土，往北邊兒走了。

小瓦村的春雨，漸漸稀薄，村子漸漸明亮起來了。

聰明的小猴子，將透明藥改良，放入紫花霍香薊、扶桑花蜜……。

這一次，他相信自己的藥品成功了，絕對能變成透明人。小猴子說：「聰明的科學家，都有無數次失敗的經驗。」

恰巧，狗不理經過，被小猴子手中的藥吸引。狗不理是全校、也是全村子最笨的孩子，若是要比頭腦，就算是小瓦村裡的動物都能贏過他。

「你手中拿的是什麼？看起來很好喝。」狗不理問。

「這是透明藥，人吃了會變透明。」小猴子說。

「哇，那太棒了！」狗不理說，「我需要從這世界

上消失，這樣就不會天天被人罵笨。」

「你不笨，只是功課不好，你游泳、爬樹都很厲害。」

「哈哈哈，功課不好被大家認爲是笨蛋，這個世界就是靠分數得勝。」狗不理搶過「透明藥」，一口氣喝到肚子裡。

太快了，若是要比速度，就算是小瓦村裡的動物都輸了。狗不理喝藥的速度，是全村最快的，小猴子根本來不及反應。

狗不理打了一個嗝，花蜜的味道飄散在空氣中。

「滿好喝的。」狗不理意猶未盡。

狗不理將一小截鉛筆夾在耳朵上，拋著橘子，走了。

小猴子和小星星，躡手躡腳的，偷偷跟著狗不理。

狗不理越過小星星家的水渠，走過阿牛伯的稻田。

什麼事都沒有發生。

狗不理沒有變透明，也沒有放屁和拉屎。

只有經過朱大嬸的菜田時，狗不理撒了一泡尿。黃黃的尿液像春雨般，灑在綠油油的菜葉上，發出滴滴答答的聲音。

狗不理尿完後，身體抖了一下，從嘴裡呼了一聲：

「好舒服啊！」

但是狗不理還沒抖完，就倒在地上了，一雙腳還在抖動呢！

小猴子嚇了一跳，慢慢靠近狗不理，輕輕喚著：「狗不理、狗不理。」

小星星哆嗦著手，慌張的搖著狗不理。

朱大嬸的菜田旁，迷濛的春風吹了過來，吹在三個孩子小小的身軀。菜葉被春風一吹，呈現出搖頭晃腦的動作，狗不理的尿液被吹落了。

又一陣春風吹過，狗不理的臉變成鹹鴨蛋的黃色。

狗不理抖得更厲害，嚇得小星星也哆嗦得更嚴重。

狗不理的臉不停變換顏色，像城市晚上的霓虹燈，有菜蟲的綠色、天空的藍色、牽牛花的紫色、雞屎的白色……。

小猴子心急，搧了狗不理一耳光。

然後，狗不理醒了，臉不變換顏色了，腳也不抖了。

狗不理站了起來，摸著火辣的臉頰，衝著小猴子說：「你爲什麼搧我耳光？」

聰明的小猴子，一時說不出話來。

狗不理將橘子全丟到朱大嬸的菜田裡，然後跨著大步伐，走了。

小猴子和小星星面面相覷：狗不理，一、點、兒、都、不、像、狗不理了。

可不是嗎？

從此以後，狗不理成了全班最聰明的孩子，考試第一，說話第一，欺負人第一。比小猴子還要聰明。

從此以後，狗不理改名字了，改成「不理狗」，連小猴子、小星星都不理呢！

七

「怎麼會呢？」小猴子喃喃自語著，「透明藥變成聰明藥了。」

「這樣狗不理就不會被人取笑了，眞好。」小星星說。

「看來我不需要聰明藥。」

小星星眼睛突然亮起來，像是朝陽照射的露水，「還有藥水嗎？」

小猴子看著空蕩蕩的瓶子，搖了搖，瓶底還有些許的液體，亮晶晶，「還有一點點，你需要嗎？」

「我知道誰需要藥水，跟我來。」

兩人走過小瓦村，燦爛的春陽照亮小徑。白鷺鷥低低的掠過稻禾，降落在野草遮蔽的小溪，佇立在溫潤波光的

淺灘。兩人走過小橋，白鷺鷥展翅飛翔，害小猴子差點將瓶子掉落小溪。

兩人最後來到小星星家。

老奶奶練了阿茲海默功，從此忘了人世間的煩惱，這時正安靜坐在輪椅上，享受陽光的溫暖。

小猴子來到老奶奶前頭，看著小瓦村最無憂無慮的人。

「奶奶，你快要恢復記憶了。」小星星說。

「有記憶是好的嗎？」一旁的小猴子問。

「當然。」小星星把瓶子傾斜，裡頭殘餘的藥水滑出來，在瓶口形成一滴淚水的模樣，一滴而已，慢慢凝聚，掉進老奶奶的嘴巴。

老奶奶睜著眼，毫無表情。

小猴子與小星星睜大眼，等待奇蹟。

一分鐘過去了，老奶奶沒有反應，春陽依舊和諧，風從小瓦村吹過，吹落了幾片樹葉。

小星星嘆息，「原來聰明藥沒用。」

「阿茲海默功太強了，連聰明藥也無效。」小猴子說。

一刻鐘消失了，老奶奶沒有反應，春陽依舊美麗，燕子飛過小瓦村，在天空留下一道倩影。

小猴子與小星星搖搖頭，轉身離開。

「小星星呀！天氣真好。」忽然傳來一道聲音。

小星星回頭，大喊：「奶奶，你能說話了。」

「我當然會說話，我又不是啞巴！」老奶奶睜著眼睛，看著小猴子，「我喜歡跟你講話。」

「可是你好久都不講話了，自從你練了什麼阿茲海……」

「咳！咳！」小猴子咳嗽，暗示小星星別講破了，這麼美好的時光，怎麼老是提些不好的話題。

「我聽到了，這不是阿茲海默功。」

「那是什麼？」

「這叫阿茲海默症，是一種大腦的神經退化症，有人稱做失智症，因爲記憶會慢慢消失。」

「那不是很難過嗎？把美好的記憶忘光了。」

「應該這樣說，」老奶奶睜大眼，「我曾體驗過美好，即使我忘光了，那些跟我一起體驗過的人，都沒有忘記過。」

「這是什麼意思？」

「小猴子，小星星，你們推我去外頭走走。這麼好的天氣，值得到村子走走，去體驗一段美好的時光。」

三人沿著蜿蜒的小徑前進，這是一個美好溫潤的春日，楊柳樹隨風搖曳，桃花玲瓏秀氣，杜鵑花枝頭繁盛，白雲緩緩飄過天空，小羊在不遠的山丘咩咩叫，彷彿爲老奶奶的到來慶祝。

老奶奶摸著小羊，跟牠道早安；老奶奶摸著蜀葵花，跟它說你好呀！她喜歡這樣，跟世界問安。

「你好，白雲。」老奶奶仰頭，「小猴子，我看到你的爺爺了。」

「在哪？」

「就是那朵白雲。」

「他練成透明人的功夫，我也想練，我想成爲『蘿蔔漢』，即使付出代價也要練成。」

「那就去練吧！這世界值得奮鬥。」

小星星插嘴，「要是回不來呢！」

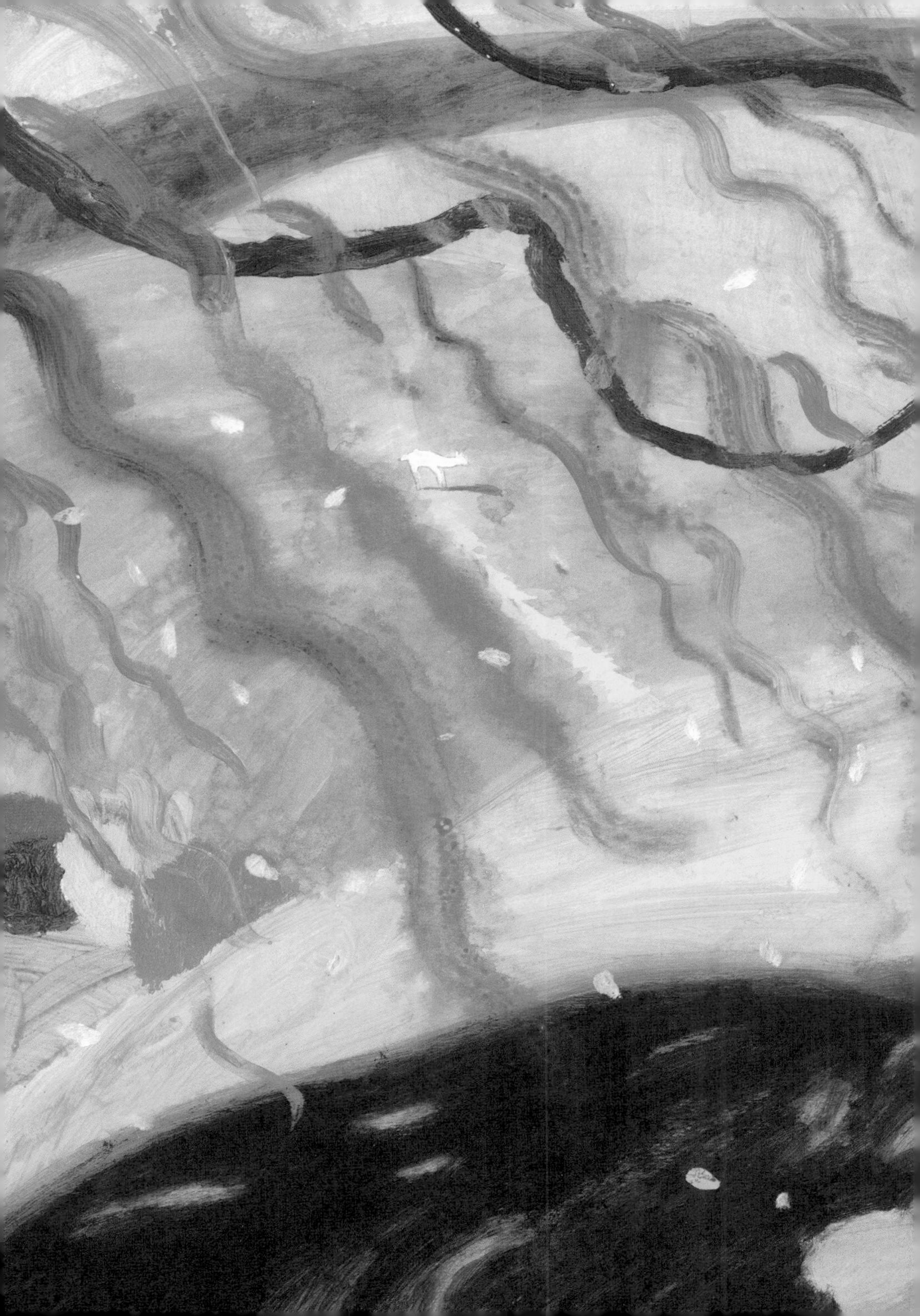

世界沉默著，小瓦村好安靜，直到一隻鳥鳴打破聲響。

「什麼都有解藥，我是指解決的方法，不是嗎？就像我突然可以在這美好的春天，跟大家一起賞花。」老奶奶說。

大家笑了，時光好燦爛，直到一朵白雲飄過去。

老奶奶突然不笑了，睜著乾淨的眼睛不說話，恢復往日安靜的表情。

「藥效過了，小猴子，你還有藥水嗎？」小星星說。

「沒了，不過我想老奶奶剛剛的記憶一定很美。」

小猴子說，「我們也有這段美好記憶。」

「是呀！」

兩人躺了下來，嘴裡叼著草莖，共享這美好的午後時光。

八

日子慢慢吞吞，春天結束了，夏天來了，柳條在溪畔搖曳，溝渠響著咕嚕聲，無法說出名字的雜草越來越茂盛。刺耳的蟬叫聲迴蕩，金黃稻穗長出來，風漸漸熱了起來，小瓦村還是過去的老樣子。

小猴子放棄透明藥了。

但在蟬的叫聲中，小猴子聽見熟悉的歌謠：

透明人，在何方？
東邊躲躲，西邊藏。
透明人，好心腸。
神出鬼沒，就在你身旁。

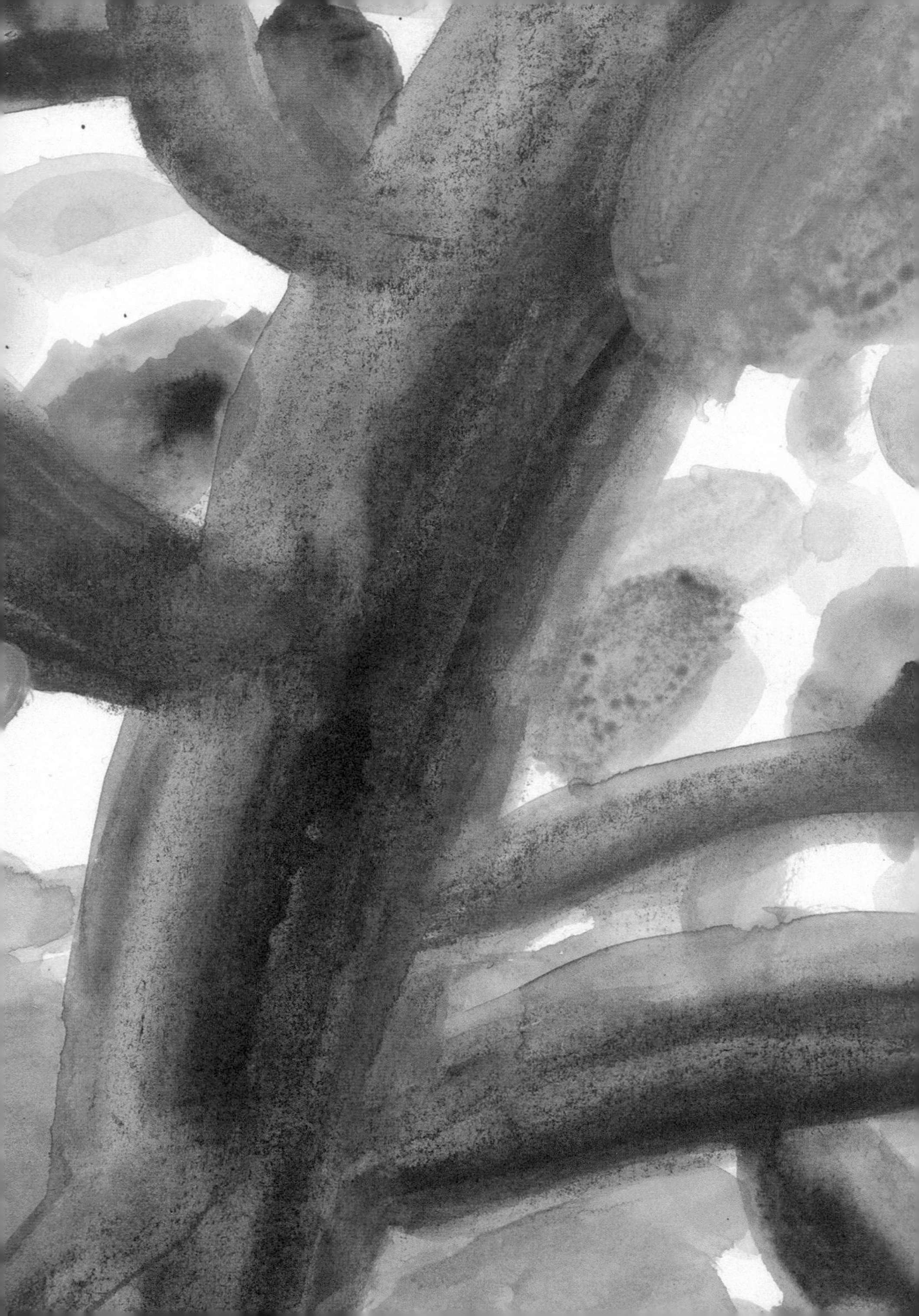

「誰呀？」小猴子朝樹上問，眼眶紅了。
沒有人回答，只有蟬聲嗡嗡響。

小猴子覺得好孤單啊！他又被繼母責罵了。他覺得自己有沒有在家，是不是活著，都無關緊要呀！

小猴子走到樹下，流下眼淚，像遠去的春雨，灑在樹幹上的空蟬殼。

小猴子拿起被蟬遺棄的蟬殼端詳。被風吹過的空蟬殼，發出一種輕輕的、微妙的聲響，嗡嗡的哭泣。

忽然，小猴子又想到透明藥了。

這時候，小星星跑過來，大叫：「小猴子、小猴子。」

小星星夾著第二十九期雜誌，奔跑得喘不過氣來。

「我從舊書攤買來的雜誌。」小星星喘了一下後說：「和你那本一模一樣！藥方只缺蟬殼呀！因爲夏蟬的幼蟲在土裡生活好幾年，來到地面之後，只有一個星期的生命，叫聲悲傷，所以藥方是『悲傷的蟬殼』。」

小猴子眼睛發光了，跳起來大叫：「啊啊！透明人……」

小猴子話沒說完，手捏著蟬殼，飛也似的跑走了。

小星星還蹲在原地喘氣，大叫：「小猴子，小猴

子……」

小猴子一心想著透明藥，哪裡肯停下來。

「我還沒說完吶！但是這不是《科學雜誌》，是《偽科學雜誌》耶！」小星星對著風大吼：「而且，那本被小羊啃的雜誌，是我寄給你的，我今天又找到同一本雜誌，終於找到答案了。」

「我聽不到，你說什麼？」

「我是看你等得很專注，才假裝你爺爺寄給你，你不生氣吧！」

「我聽不到，再見，我要去調製透明藥了。」

小星星的話，被風吹得遠遠的……

九

小星星找到小猴子的時候，已經來不及了。

小猴子一仰頭，將透明藥喝光了。

啊！小猴子咂咂嘴巴。透明藥的味道啊，苦苦的，滲透進身體的每一個細胞，也一滴滴滲進心靈裡，這就是透明藥呀！

小星星瞪大眼睛，眼睜睜看著小猴子喝下藥水。

「我變透明了嗎？」小猴子聲音輕飄飄的問。

「沒有。」小星星將《偽科學雜誌》放在跟前，大大的吐了一口氣：「你撿到的雜誌，封面的『偽』和『科』字的『禾』被小羊啃掉了。這裡面寫的知

識，都是假的啊！而且那本雜誌是我寄給你的。」

「眞的嗎？」小猴子的聲音更淡、更輕了。

「假的啦！」小星星用力的強調。

「你是說假的啊？」

「我說的是眞的啦！」小星星急忙辯解，快被搞迷糊了。

「好棒！原來是你寄的，可見你很看重我這個朋友。」小猴子臉上都是微笑。

這時候，吹來一陣微風，吹散小猴子臉上的微笑。

小星星揉揉眼睛，嘴巴張得好大，他太過驚嚇，連聲音也發不出來了。

「發生什麼事啦？」小猴子的聲音有氣無力。

小猴子的腰變透明了，從身體的中間部分開始，像被橡皮擦一點一滴擦掉似的。

慢慢的，橡皮擦將小猴子的肚子、胸膛，全部擦掉了。

小猴子有一種從未有過的感覺，不屬於這個世界，身子輕飄飄的。

「你、變、透、明、了。」小星星一個字、一個字咬著說。

「我要去當『蘿蔔漢』，要離開家去找爺爺了。」

空氣中傳來小猴子的聲音。

小猴子的聲音逐漸遠去。

風一陣一陣吹，小星星的頭髮飄起來了。

「小猴子，小猴子。」小星星四處喊。

沒有人回答，只有開開的門，以及緩緩的風。

小星星跑到廁所，廁所空蕩蕩，沒有人放屁，沒有人拉屎。

小猴子眞的變透明了。而且，離開了。

不知道爲什麼？小星星感到一種失落，一種微微的傷心，彷彿缺少了什麼，小瓦村好像失去顏色了。

十

今晚的星空非常皎潔，小星星家的溝渠仍然響著咕嚕聲，煙囪依舊飄著白煙，小瓦村的風景如此明媚，但小星星卻病懨懨，吃不下飯，也不想看「蘿蔔漢」的故事。

發生了什麼事呢？

小星星躺在小瓦村的山丘，看著星空，想念已經變透明的小猴子，懷念跟他在一起玩耍的日子。

還有，白天發生的事情。

白天上課時，小星星心不在焉的想，如何看到透明人的方法，因此不會算除法，被老師罰站。不理狗笑他白痴，得意洋洋爲他取綽號：

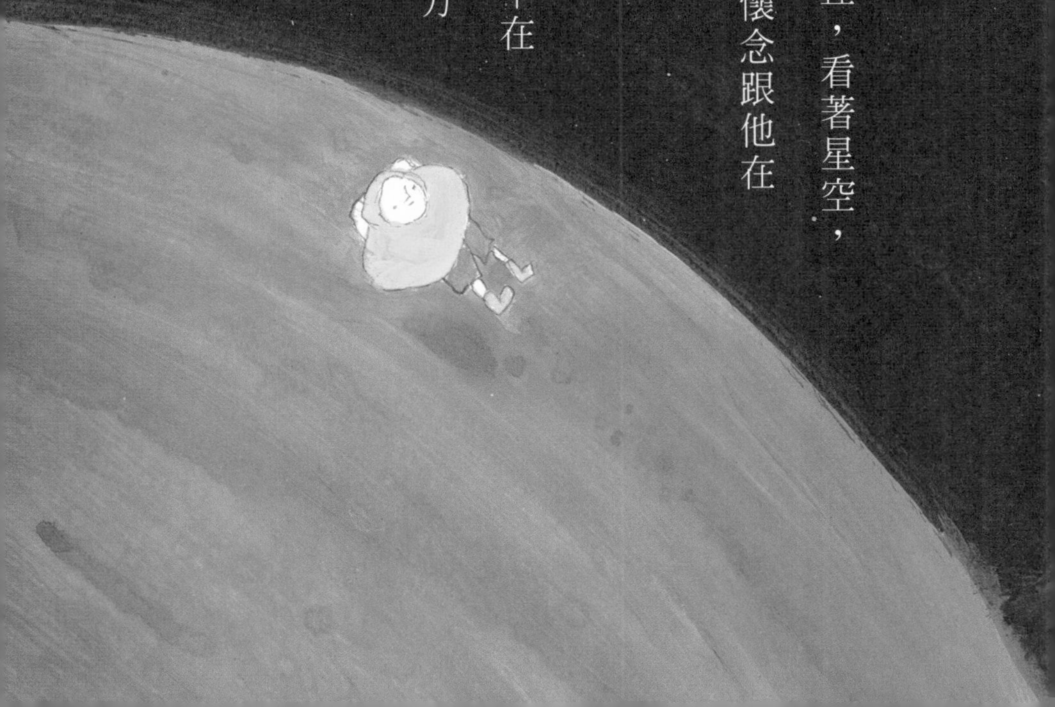

「白痴星」、「白鼻星」、「白猩猩」。

下課時，不理狗從後頭給小星星一個巴掌。

小星星原本低著的腦袋垂得更低，眼淚也快掉出來了。

「要是小猴子在，就好了。」小星星喃喃自語。

小星星躺在山丘上，看著閃爍的星星，星芒尖銳。都兩天了，小猴子跑到哪兒去了呢？

這時，失意的小星星，聽見「咚咚咚」的走路聲音。

小星星怔了一下，問：「小猴子是你嗎？快出來！」

他慌忙抬起頭，看見的是黑漆漆的松樹，是黑濛濛的山丘與田野，遠空的星星依序排列著，並沒有人靠近。

周圍又響起「咚咚咚」的腳步聲音，小星星揉揉眼睛，一陣風從身邊過去，他感覺有人靠近。

「你出現吧！你要是出來，再無聊的事，我都陪你去做，不管是要等郵差、去河邊看水花，都可以。」

沒有人回答，只有風走過來，涼涼的。

「你出現吧！你要是出來，我可以放棄數星星，跟你一起去釣魚。」

沒有人出現。

「可能是我太想念小猴子了！」小星星喃喃自語。

突然，有微風吹來，小星星身邊的《偽科學雜誌》一頁一頁被掀動，彷彿有一隻手快速翻頁。

「你會想我啊！」是小猴子的聲音。

「小猴子，你回來了！」小星星覺得彷彿在夢裡一樣，對著空氣講話。

「對呀！我不知道能去哪裡？好孤單呀！我要想辦法變回來。」

小猴子翻著《僞科學雜誌》找解藥，說：「到天涯海角，我都會找到透明人的還原解藥。」

這本書早已翻爛了，裡面沒有解藥，但是他期待再一次翻看，會有奇蹟出現。

「你沒有去賺錢嗎？」小星星問。

「怎麼賺呢？我走進銀行裡面，又走出來了。那不是賺錢，是偷錢哪！我不要變成小偷。」

「那怎麼辦呢？你變透明以後，我好孤單呢！」小星星吸吸鼻子，對著空氣說話，「而且，在學校還被人

欺負呢！」

「你是說不理狗啊！我看見了。」

「你看見了？」小星星懷疑的說，「我怎麼不知道？」

《僞科學雜誌》「啪」一聲闔上，平躺在松樹下，小猴子說：「你忘了我是透明人嗎？」

「那你怎麼不出來幫我？他打我的腦袋，好痛呢！」小星星摸摸腦袋瓜，委屈的說，「你忘了透明人的歌詞嗎？」

「沒忘！我已經警告過不理狗了，他保證以後不會欺負人了，而且，他要改回原來的名字，叫『李不苟』。我們別再叫他『不理狗』了。」

「眞的？你怎麼警告他的？」

「很簡單呀！我跟著他回家，經過朱大嬸菜田的時候，我壓低聲音，要他別忘了自己以前是怎麼被欺負的？怎麼在菜田邊變聰明的？他以爲我是神呢！發抖著，跪下來改過自新了。」

「好酷呀！當透明人眞好。」

「一點都不好，沒有朋友，也不能光明正大回家，家人要是知道我變成透明人，一定嚇死了！」

「你不是要離家出走嗎？要去找你爺爺。」

「但是要去哪兒找呢？昨天晚上，我偷偷跑回家，沒有人看見我，我爸爸找遍小瓦村，繼母難過得吃不下飯，弟妹也說不再跟我搶玩具了。唉！我以前都沒想過……」

「那怎麼辦呢？你要是變不回來，不是很慘嗎？而且，你家人滿關心你的嘛！」小星星替朋友感到憂心。

風從松樹下悠悠的吹進來，山丘頓時安靜下來，只

聽見《僞科學雜誌》被風吹動的沙沙聲，伴隨著田裡蛙聲、蟲聲安詳的鳴唱。人生總有難題，兩人只能沉默下來。

五分鐘過去了，兩個人都沉默著。

「其實，我也很關心你呀！」小猴子的話帶著悲傷，

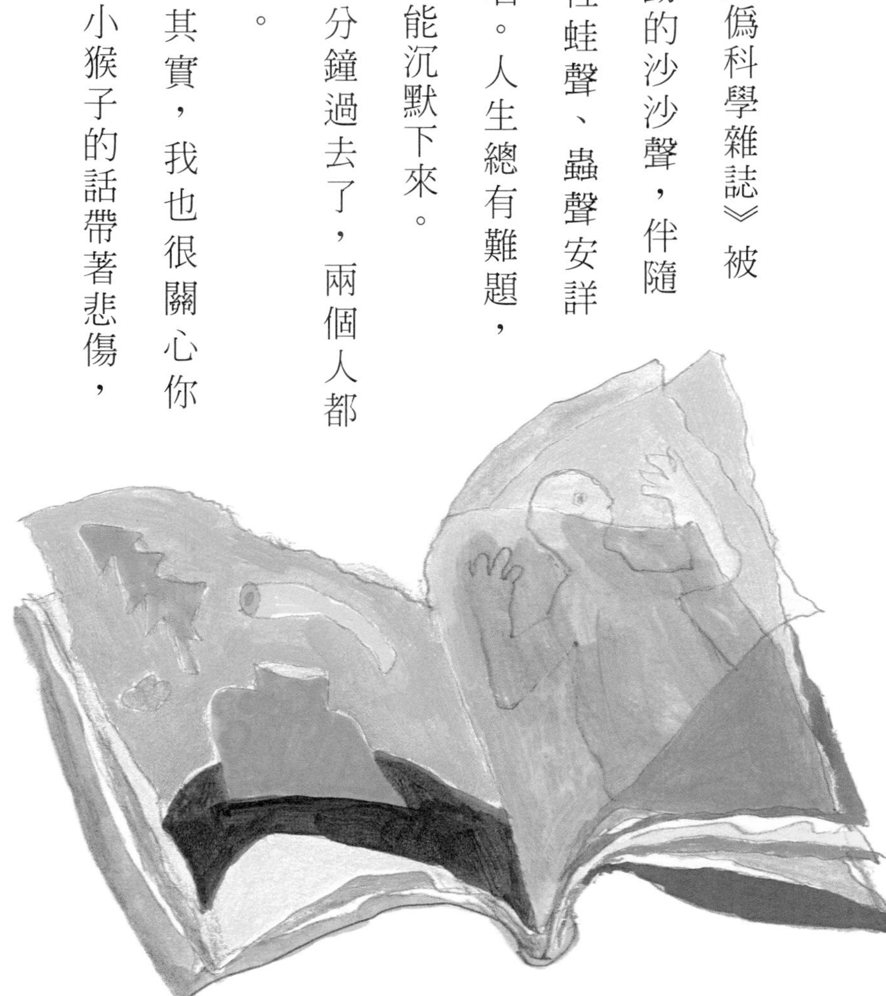

「我也很想跟你一起躺在地上數星星。」

「眞的呀？」

「是呀！我想我可以不去釣魚、看水花，晚上陪你一起數星星。」

「眞的呀？」

「可是我再也變不回眞正的人了。我會漸漸消失在這世界上，最後你連我講的話都聽不到。我是來陪你數星星的，恐怕以後再也沒有機會了，我會澈底消失在世界上，像我爺爺。」

「你不要說了。說得我都難過起來了。」

「是眞的。」

四周好安靜，風一陣一陣，彷彿將小猴子的話吹散了……

不知是誰先數起星星，或許是小猴子，或許是小星星。這不重要了。凡是被數到的星星都眨著眼，從遙遠的宇宙看著小瓦村，看著村子的山丘，看著松樹下有人躺著。

「一顆星星。」

「二顆星星。」

「三顆星星……」

他們數著星星。小星星躺在山丘，想像小猴子就躺在身旁，一起陪他看夜空。

「五百顆星星。」

「五百零一顆星星。」

「五百零二顆星星……」

小星星覺得，有人就躺在身邊一起數，從來不曾消失。

「一千顆星星。」

「一千零一顆星星。」

夜好深了，天更黑了，風更冷了。

全宇宙被數的星星眨眼，不斷閃爍，看著地球上的小瓦村……

漸漸的，伴隨著數星星的聲音，小星星的眼淚從臉龐流下，滴在土地上，慢慢流到身旁，碰觸到某個透明的軀殼。

奇蹟出現了。

小猴子的胸膛出現了，像鉛筆素描般，從脖子、臉到腳，呈現出清楚的線條。他恢復了，躺在小瓦村的山丘，躺在小星星身邊，安靜看著夜空。他清秀的臉龐，還掛著兩行被風吹拂過，透明的眼淚……

兩人沒打破這美好的時光，繼續數，數到天亮也沒關係……

對話練習室

◆這世界上真的有透明人嗎？

：這世界上透明的東西，有水或玻璃之類。自然界有近乎透明的生物，像是蝦子、水母。科學家透過光折射作用，可以將小物品隱形，等同透明，希望有天用在戰場的士兵，不讓敵人發現蹤跡，但是技術還不成熟。

電影或科幻小說中，常有透明人的題材。但是生活中，有沒有透明人？目前沒有科學證實，但是我喜歡透明人的傳說，世界多了很多想像。

另一方面，即便沒有透明人，但卻有不同的體認。比如有時候，我們對人生氣或冷戰，刻意會把對方當成「空氣」，是不是跟透明人很像？分明那個人在面前，卻視而不見，這也是透明人的概念。

◆ 你小時候真的想當透明人嗎？

：小時候的願望很多，厲害點想當小飛俠、輕功高手，或是成為射橡皮筋、彈弓、棒球高手，當然也想成為透明人。

我不是功課好的學生，也不是特別守規矩的學生，我是平凡小孩，生活中沒得到太多關注，於是成了白日夢高手，想像自己有多厲害，這樣可以引起大家的注目。

如果我是學霸，光是每天收到別人讚美，便會感到自豪。但我只是白日夢的學霸，想像力的功夫高手，想像自己練成透明人，線條漸漸透明，那或許是生活沒自信，想隱藏自己吧！

◆變透明之後，你最想做什麼事？

：想必大家想知道，我變透明之後，想做什麼事呢？小朋友可以先問彼此，或跟父母討論，變成透明人最想要做什麼，這是有趣的問題。

我曾問過許多孩子，很多人想到的是捉弄人、開玩笑、報復，或是偷偷跟別人「借」東西，這樣不會被人發現。

有沒有人想行俠仗義？或者是達成夢想，像《透明人》中的小猴子，去找爺爺，或幫助好友小星星，去面對蠻橫的「狗不理」？

如果真的變成透明人，真的是考驗人性。

毫無疑問的，我的身體變透明之後，最想要做的是脫衣服，才不會讓人看見飄來飄去的衣服。但是想到要裸著身體，走在人家前面，即使不被看到，還是挺讓人難以適應，這真是考驗我薄臉皮的個性呀！

◆世界上有很多《科學雜誌》，為什麼小星星撿到的《斗學雜誌》，竟然是《偽科學雜誌》呢？誰會去買《偽科學雜誌》呀？

：當你閱讀這本書，提出這樣的問題，表示你擁有自己的思考，從書裡取得資訊時，提出自己的懷疑與見解。

這裡不妨想一想，沒有人會去買《偽科學雜誌》，那麼書裡為何會這樣安排呢？若是世界上真有《偽科學雜誌》，想買來閱讀的人，會是什麼樣的心態呢？

不妨大膽思考，讓思想馳騁一番，這也是一種訓練。

另外可以思考的是，既然是《偽科學雜誌》，為什麼透明藥竟然能製作成功呢？作者是否想傳達什麼呢？對作者這樣安排，又有何想法呢？

科學是一種系統性的知識，強調具體性和可證明性，是在現有基礎上，嘗試不斷接近真理。但是科學並不一定沒錯誤。我們目前所接受的理論與知識，不代表在未來的某天，它不會被推翻或重新建立，雖然這樣的機率很小，但仍有可能發生。

我們所處的世界，科學像是「真理」，或者像「神」一樣，被視為唯一的答案，這可能侷限了人類的思考與創意。有很多科學資訊，錯綜複雜的存在著，甚至是矛盾的，可能都號稱是科學。尤其是網路世界，充斥拼貼與偽造的假知識，到處傳播，害人不淺。

然而有很多東西，科學仍然無法證明。比如為何有生命？為何有宇宙？人是怎麼來的？

因此在寫《透明人》的時候，我設計了殘缺的「斗學雜誌」。一般人第一印象，會推測這是「科學雜誌」，但我後頭揭露這是「偽科學雜誌」，而且刻意讓「偽科學」的資訊，成功的製造出透明藥，你可以看出來嗎？這樣的安排有何好處？有沒有荒謬之處呢？

你的閱讀經驗呢？當你看見「斗學雜誌」，是否一邊享受故事？一邊思考故事會怎麼發展？你又會怎麼解讀這樣的安排呢？

閱讀的樂趣，在於投入書本世界；創造的趣味，在於重新解讀作者安排。試著想想，若你是作者，會怎麼安排？在享受故事的同時，邀請你大膽思考以上這些提問，這都是很精采的思索呀！

◆狗不理本來被欺負，喝了聰明藥，變聰明之後，為什麼反過來欺負人呢？

：很多團體裡，都存在強凌弱，大欺小的狀況，一般稱之為「霸凌」。

你曾經見過霸凌嗎？一個弱勢者、弱小的人，比如身體弱、體能不佳，或者看起來令人「討厭」，有可能被人以各種形式霸凌。

比如「狗不理」這個綽號，算是不雅的稱呼。如果當事人不接受，但是大家喜歡這樣稱呼，甚至嘲笑他人，這也是一種言語霸凌。

我覺得施加霸凌者，才是懦弱的人，因為內在沒自信，不能接納包容別人，會找各種理由，將力氣花在欺負別人上。

我以前很弱小，身體發育較慢而瘦小，功課也很差，又是個孤僻的人，常常被霸凌。但是我思考，如果我身強力壯，各方面都比別人強，是否也會去欺負別人？或者看不起別人嗎？我時時提醒自己。

當「狗不理」變聰明了，功課變好，行動變敏捷，贏回「李不苟」這個名字，大家不再叫他「狗不理」了。但是，變強大的人，通常不會將自己受過的不平轉為助人的力量，而是開始看不起人，甚至欺負人，這是我曾見過的狀況。

因此寫出這樣的角色，想要提醒大家，當你是真正的強者，內心是強大的，這時千萬不要藉由欺負人，來顯露自己的能力，無論霸凌的理由為何。

◆小猴子變透明之後，為什麼不劫富濟貧呢？去當蘿蔔漢，成為英雄不是很好嗎？

：你曾見過窮人嗎？或是弱勢的人？日常生活面對窮人與弱者，你是怎麼幫助他們呢？是默默的幫助，還是直接幫忙，無論什麼形式的幫助，都是非常良善的美德。

幫助窮人、弱小的人，是一份善意，因此濟貧是善舉。

但是你對「劫富」這個詞，有什麼看法呢？一個人致富是他憑本事而來，或者是他有福氣，獲得一筆財富。要是合法得到，有誰想「劫」走他人財富，這就是不合理的，是個惡意行動。

沒有任何人，可以擅自搶奪別人的東西。

不知道你有沒有這經驗，自己的東西被拿走了，甚至被搶走，那種感覺是不是很糟糕？

小猴子善良，才有劫富濟貧的念頭，一旦要出手了，觸動內心的善念，讓他重新思考正義、對錯、善惡的真正意義，即使最初心懷善意，最終卻沒有以惡意的手段進行，這才是真正善良的人。

李崇建X甘耀明故事想想1：透明人

作者｜李崇建．甘耀明
繪者｜Ila Tsou（享想）

責任編輯｜李幼婷
美術設計｜也是文創
行銷企劃｜陳雅婷、吳函臻

天下雜誌群創辦人｜殷允芃
董事長兼執行長｜何琦瑜
兒童產品事業群
副總經理｜林彥傑
總編輯｜林欣靜
主編｜李幼婷
版權主任｜何晨瑋、黃微真

出版者｜親子天下股份有限公司
地址｜台北市104建國北路一段96號4樓
電話｜（02）2509-2800　傳真｜（02）2509-2462
網址｜www.parenting.com.tw
讀者服務專線｜（02）2662-0332　週一～週五：09:00~17:30
傳真｜（02）2662-6048　客服信箱｜parenting@cw.com.tw
法律顧問｜台英國際商務法律事務所．羅明通律師
製版印刷｜中原造像股份有限公司
總經銷｜大和圖書有限公司　電話：（02）8990-2588

出版日期｜2020年10月第一版第一次印行
2022年11月第一版第四次印行
定價｜340元
書號｜BKKNB001P
ISBN｜978-957-503-665-2

訂購服務
親子天下Shopping｜shopping.parenting.com.tw
海外．大量訂購｜parenting@cw.com.tw
書香花園｜台北市建國北路二段6巷11號　電話（02）2506-1635
劃撥帳號｜50331356　親子天下股份有限公司

立即購買＞

國家圖書館出版品預行編目資料

李崇建X甘耀明故事想想1：透明人 / 李崇建，甘耀明著；Ila Tsou繪. -- 第一版. -- 臺北市：親子天下，2020.10
156面；14.8 x 21公分.
ISBN 978-957-503-665-2（平裝）

863.596　　109012308